Reha
ohne Prostata

Mit diesem Büchlein möchte ich allen Ärzten, Schwestern und Therapeuten danken, die mir geholfen haben die Auswirkungen meiner Krankheit erträglicher zu gestalten. Sie haben sich alle Mühe gegeben, das Rehaziel zu erreichen.

Meine Niederschrift besteht nicht nur aus lobenden Worten. Mitunter sind sie durchaus kritisch aber trotzdem immer ehrlich gemeint.

Zum Schutz von Persönlichkeitsrechten sind alle Namen und Örtlichkeiten frei erfunden. Ähnlichkeiten mit bestimmten Personen, Lokalitäten und geografischen Bezügen können vorkommen, sind aber rein zufällig.

Hans-Ulrich Struck

Reha
ohne Prostata

Ein Tagebuch

Illustration: Fotos des Verfassers

Herstellung und Verlag: BoD – Books on Demand, Norderstedt

ISBN: 9783750440418

Inhaltsverzeichnis

Haupteingang ▶▶

Vorspiel

Ich bin 70 Jahre alt und an Prostatakrebs erkrankt. Eine Operation war angesichts der Diagnose unumgänglich. Vor der Operation fühlte ich mich mehr oder weniger gesund, von Krebs habe ich eigentlich nichts bemerkt. Nach der Operation war ich dann krank, weil ich Krebs hatte.

Als Prostatakrebs operierter Mensch steht einem in Deutschland eine Rehabilitationsmaßnahme, kurz Reha genannt, zu. Im Amtsdeutsch heißt sowas sperrig: Anschlussheilbehandlung. Sie wird schon im Krankenhaus jedoch nicht bei der Krankenkasse sondern beim Rentenversicherungsträger beantragt und von ihm bezahlt. Warum das so ist? In Deutschland ist das so.

Ungefähr 20 Tage nach der Operation, ich bin schon zu Hause, erhalte ich einen dicken Brief, dass meine Reha in drei Tagen beginnt und in Klabe an der Strenge in der dortigen MEDINA-Klinik stattfinden und planmäßig drei Wochen, bei medizinischer Notwendigkeit auch länger, dauern soll. Einzelheiten dazu erfahre ich von der Klinik! Dazu viel Papier mit Verhaltensmaßregeln und Androhungen von Sanktionen aller Art wenn man dies und das aber insbesondere jenes nicht einhalten oder missachten würde. Am gleichen Tage kommt auch die Post von der Klinik mit viel Papier, Anamnesebogen, Erfassung Patientendaten (9 Seiten) so wie Verhaltensmaßregeln und Sanktionen wie vor. Hin würde ich kommen, indem der Klinikbus mich abholt. Ich könne aber auch mit der Bahn fahren. Dann müsse ich mir diese und jene Formulare und wohl auch Unterschriften besorgen und wenn ich mit eigenem Auto kommen will, ist das noch anders. Ich nehme den Klinikbus, der pünktlich um 10.00 Uhr in Form eines Taxis mit Kennzeichen der nächstgelegenen Großstadt vor meiner Haustür steht. Das fängt gut an.

Meine geografischen Kenntnisse reichen nicht bis Klabe an der Strenge. Die notwendigen Recherchen ergeben, das liegt in einer alten deutschen Mark, plattes Land, Bahnverkehr eingestellt und Eisenbahn abgebaut, mit allen eingemeindeten Dörfern im Umland ca. 7.500 Einwohner. Der bekannteste Ort in der Nähe ist wohl Irgendwo im Nirgendwo.

Der erste Reflex ist, Klabe abzulehnen und einen lukrativeren Ort anzustreben. Meine Tochter weist mich darauf hin, wenn das am Arsch der Welt liegt, wissen die unten rum bestimmt gut Bescheid. Das gibt wohl auch den Ausschlag. Ich verwerfe den Ablehnungsreflex.

Nachdem die Briefe kamen, wurden die Reisevorbereitungen intensiver, um nicht hektisch zu sagen. Häschen fährt mit mir los und kauft mir eine neue Jacke und Sportzeug. Ein Anzug von Adidas mit den drei Streifen, blaue Indoor-Turnschuhe, kurzärmlige T-Shirts und ein Oberhemd fällt auch noch ab. Parallel zu der Liste der Klinik über die mitzubringenden Utensilien, Unterlagen und Ausrüstungen hat Häschen eine Packliste aus dem Internet ausgedruckt. Da stehen sogar Kondome drauf. Die kauft Häschen nicht.

Für die wäre dann aber auch kein Platz mehr im Koffer gewesen und ein Mann mit meiner Krankheit braucht eine Weile keine Kondome.

1. Tag, Donnerstag

Anreise ist sehr bequem mit Taxi von Tür zu Tür.

Etliches Papier ist bei Ankunft zu lesen, zu unterschreiben und auszufüllen:

- Behandlungsvertrag
- Allgemeine Geschäftsbedingungen (sehr klein über drei Seiten gedruckt)
- Datenschutzver- und erklärung
- Hausordnung
- Miktionsprotokoll
- Wertvolle Hinweise und Verhaltensregeln
- Essenszeiten
- Bestellung und Auswahl des Essens
- Postfach
- Warum die Klinik gut ist
- und und und

Zimmer wird gezeigt und übergeben mit Einweisung in die Bedienungsmodalitäten des roten Schwesternrufknopfes so wie Anti-Stolper- und Anti-Ausrutschbelehrung (mit Unterschrift).

Erklärung Schlüsselbund (!): drei Schlüssel plus Chip für Essenbondrucker.

Vermessung von Größe, Gewicht, Blutdruck, Puls und Temperatur. Kontrolle der Anamnese, die ich schon ein paar Tage vorher hingeschickt hatte, Arztbrief aus der Klinik übergeben.

Operationswunden bepflastern.

Die andere Hälfte von den Sachen, die zu lesen, unterschreiben, beachten oder anderweitig zutreffend habe ich schon vergessen.

Seit Abendbrot bin ich Tisch 22, Platz 1. Da sitzen noch Dieter und Hartmut.
Ich bekomme noch einen Schnipsel, wo drauf steht das ich mir für den nächsten Tag zu Mittag Hühnergeschetzeltes mit Reis ausgesucht habe. Das Mittag für die nächste Woche soll ich morgen aussuchen.

Zehn Minuten vor Eröffnung des Abendbüffets werden die Rollstuhlfahrer reingelassen und grabbeln sich unter schweigenden Murren der Ansteher die vom Frühstück übrig gebliebenen Brötchen raus. Das Büffet ist schon ein Kontrast gegen zu Hause. Brot nicht so frisch wie zu Hause, eher altbacken, vier Sorten Gleichschmeckwurst, Tomaten- und Wurstsalat, der außer das klein geschnippelt nichts hat, was Salat ausmacht. Daneben irgendwelche Flüssigkeit mit blumigem Namen, die als Dressing dient. Verbogene Käsescheiben kann ich ignorieren, weil mir Käse sowieso nicht schmeckt. Früchtetee, wo die Früchte nicht erschmeckbar sind. Marmelade, Rollmops, weil Fisch so gesund ist wegen Omega-Fett-säuren, wird uns Frau Buchholz morgen sagen.

2. Tag, Freitag

Es geht los.

Frühstücksbuffet ist ähnlich wie abends nur das zusätzlich drei Sorten Brötchen, Honig, drei Sorten Marmelade, Nutella, Müsli und Quarkspeise da sind und es auch Kaffee gibt. Das Mittagessen für die nächste Woche soll ich heute Mittag aussuchen. Als ich dann heute Mittag aussuchen will sucht man das Mittagessen in der Zeit von 14.00 bis 16.00 Uhr aus. Das vergesse ich aus Versehen. Abends ist keine Servicekraft am Computer.

Um 8.00 Uhr Verbandswechsel

Den Tag vorher war schon der Behandlungsplan im Postfach.

Vortrag: Was ist, was macht, wozu, wie gut, mit wem, warum Medina-Klinik.

Vortrag Anatomie: Wie sieht der Süden bei Männern mit und ohne Prostata aus. Das Resumée ist von der amtierenden Chefärztin bestimmt nicht so gemeint, kommt bei mir aber so an:

– Viele Frauen, die Kinder geboren haben, müssen auch Vorlagen nehmen, stellen sie sich nicht so an.
– Wenn ich mich so umsehe sind sie alle schon im reiferen Alter und haben ihre Familienplanung sicherlich schon abgeschlossen und da wird das schon nicht so schlimm sein.

Dazu fällt mir voller Trotz ein:

- Ich will aber nicht in die Hose pinkeln!
- Ich hoffe, dass da noch was kommt!

Vortrag über Ernährung und dünner werden von Frau Buchholz. Immer schön an der Basis der Ernährungspyramide im grünen Bereich rumknabbern. Umfang und Gewicht von Frau Buchholz konterkarieren jedes ihrer Worte. Aber vielleicht ist sie auch krank oder betreibt einen Sport wo das leistungsfördernd ist, z. B. Kugelstoßen oder Gewichtheben.

Kalte Quarkpackung auf den Bauch. Soll die Abheilung der OP-Narben begünstigen, wegen Milchsäure, Kühlung, Bakterien, Kasein und so. Unangenehm, weil ich davon Bauchschmerz und Krämpfe bekomme. Muss ich streichen lassen. Kann auch den Sinn nicht so richtig erkennen. Macht den Eindruck von alternativmedizinischem Zauberkunststück.

Beckenbodentrainig in Einzelanwendung mit Therapeutin: Blaaaase schliiiiiießen – lööööösen.

Bis jetzt das Sinnvollste.

Nachmittags mache ich einen Spaziergang in Richtung Klabe, kehre im Café Ruhepol ein und gönne mir ein Stückchen Hefekuchen, den es nur hier aus dem Holzbackofen am frischesten gibt.

3. Tag, Sonnabend

Ab 6.00 Uhr Gerenne, Türenklappern, Wagen schieben auf dem Flur.

Zum Frühstück kann ich das Mittagessen nicht aussuchen, weil keine Servicekraft am Computer ist und als eine vorbeikommt, sie dann von 14.00-16.00 Uhr dafür da ist.

Beschluss: Zu Mittag gehe ich in die Melkerstube, die Kneipe nebenan. Durch Zufall entdecke ich links vor dem Eingang zum Speiseraum ein Terminal mit Touchscreen, wo man sein Essen für die Woche selber auswählen kann. Bei drei Wahlessen pro Tag eine übersichtliche Angelegenheit und in 90 Sekunden erledigt. Hah, die werden mich aber in der Zeit von 14.00 - 16.00 Uhr vermissen.

Im Zimmer sehe ich noch einmal in der Mappe „Patientenratgeber (bitte im Zimmer belassen)" nach und da ist auf Seite 8 tatsächlich von dem Terminal links die Rede.

Ich hatte aber gedacht, dass mit Terminal der Computer am Eingang Speisesaal (auch links), wo manchmal eine Sevicekraft dran sitzt, gemeint ist. Weil ich immer die rechte Spur benutze ist mir nicht sofort aufgefallen, dass es da einige Meter weiter vorne noch einen gibt.

Wenn man, so wie ich, sein Essen für die Woche am Terminal gewählt hat, muss man mittags dann seinen Chip, der am Schlüsselbund hängt, an eine Stechuhr halten, und dann druckt ein Bondrucker einen kleinen Schnipsel aus, wo drauf steht, dass Patient Hans-Ulrich Struck, geb. 5.2.1950, wohnhaft Ackerstraße 20, 54321 Prasnie, jetzt Medinaklinik, Am Jungbrunnen 2, 12345 Klabe (Strenge), versichert bei DKV, am 1. Tag zu Mittag Vollkost: Gemüsesuppe mit Rindfleisch und als Speise einen Klaks Quarkspeise kriegt. (Also, das mit den Adressen ist jetzt von mir übertrieben, steht nicht drauf, wäre aber dem bürokratischem Aufwand angemessen.)

Weil aber jeder zu Mittag da seinen Chip ran hält und der Drucker nicht so schnell ist, bildet sich eventuell eine Schlange. Ein Schild weist darauf hin, dass man schon ab 10.30 Uhr zur Vermeidung von Schlangenbildung den Chip ranhalten und sich seinen Schnipsel drucken lassen kann. Das hätte den Vorteil, dass man mittags an der mit-

täglichen Bondruckerschlange frech vorbei-
gehen und sich direkt in die eventuelle
Schlange an der Essensausgabe einreihen
kann, weil man ja schlauerweise schon einen Bon hat.

Mir ist eigentlich nicht ganz klar, wieso
man den Chip nicht bei der Essenausgaben-
theke irgendwo ranhalten kann und dann
dem Küchenpersonal über Bildschirm ange-
zeigt wird, dass Patient Hans-Ulrich Struck,
geb. 5.2.1950 usw. usf. versichert bei DKV,
heute Gemüsesuppe mit Rindfleisch und einen Kleks Quarkspeise bekommt. Aber dann
könnte man wohl nicht schon um 10.30 Uhr
einen Zettel drucken und eine von den Mit-
tagsschlangen umgehen.

Nach dem Abendbrot okupiert eine Truppe Mädels, so acht Frauen stark, den großen Fahrstuhl. Ich darf unter großem Geju-
che und Gelächter mit rein. Ich versuche
anzustimmen: „Hab meinen Wagen vollge-
laden...." Das Gejuchze und Gelächter er-
reicht einen neuen Höhepunkt. Irgendwas
muss im Tee gewesen sein oder die hatten
einen im Tee.

Unsere kleine Uhr

Das habe ich ja am ersten Tag noch vergessen: Beim ersten Kontakt mit den
Schwestern wird öfter „unsere kleine Uhr"
erwähnt.

Schwester: „Sie können immer zu uns kommen. Wenn wir nicht hier sind stellen wir „unsere kleine Uhr" und dann sehen Sie „unsere kleine Uhr" und dann wissen Sie Bescheid." Weil ich mir nicht vorstellen kann was und wie „unsere kleine Uhr" mir Bescheid gibt, bin ich ein Mensch gewordenes Fragezeichen und drücke mich auch so aus. Wenn ich „unsere kleine Uhr" sehen würde wüsste ich schon.

Beim Verlassen der netten Schwestern wird sie mir dann gezeigt. „Unsere kleine Uhr" hängt an der Tür des Schwesternzimmers, und so sieht sie aus:

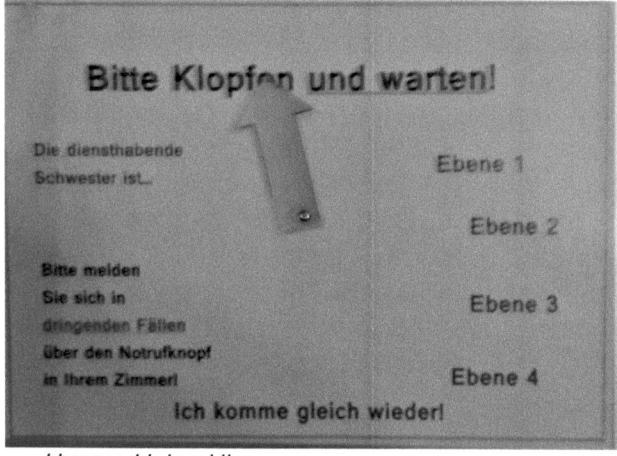

Unsere kleine Uhr

4. Tag, Sonntag

Morgens, gegen 6.00 Uhr, wie schon am Sonnabend, Bewegung auf dem Flur. Vielleicht habe ich mich schon dran gewöhnt dass es mir nicht so laut erscheint.

Beim Frühstück bekleckert mich einer mit Honig. Ich kann das natürlich nicht gewesen sein, weil ich gar nichts bemerkt habe. Habe den Fleck mit Klopapier und Wasser raus gemacht, jetzt ist die Stelle etwas heller.

Für mein Brötchen fehlt mir noch ein Näpfchen Honig und ich hole es mir. Dabei komme ich an dem Tisch mit den Frauen von gestern vorbei. Freudige Wiedererkennung, und ein Platz wäre am Tisch noch frei. Ja, demnächst. Zu Mittag sind sie schon fertig als ich komme. Neuer Anlauf Abendbrot. Da wollen sie aber nicht mehr, weil angeblich vom Personal aufgepasst wird, dass jeder auf seinem zugewiesenen Platz sitzt. Blöde Weiber.

Heute sind keine Therapien. Ich mache einen Spaziergang in den Kurpark. Der ist nach den großen Schildern lebensgefährlich und eigentlich gesperrt, weil da Bäume nicht standsicher seien. Weil es ganz windstill ist, traue ich mich trotzdem rein und komme lebend wieder raus.

Dieter ist zum Abendbrot vom Wochenendurlaub zurück. Er hat auch Prostata. Er meint, das die Behandlung gut für ihn war.

Dieter ist Jäger und hat seinen Hund, einen Deutsch Drahthaar vor kurzem begraben. Neuen Hund will er nicht mehr. Wir sind wohl so ungefähr gleichaltrig. Ich habe ihm von unserer Betty erzählt.

Ich schaue mir die Aufsteller mit den Flyern und Infomaterial an. Nach den froh lächelden Model-Gesichtern auf den Titelseiten zu urteilen, muss es was Schönes sein, eine Brustoperation, Darmverlegung oder künstliche Gelenke aller Art bekommen zu haben. Flyer für Prostata und Inkontinenz gibt es auch mit glücklich lächelndem Mann.

Grauenhaft sowas, nur für den Shredder geeignet. Ärzte, Geldgeber und Designer sollten mal ihr Gehirn einschalten.

5. Tag, Montag

Bis fast um 7.00 Uhr gut geschlafen trotz Rumoren auf dem Flur. Ich bin wohl angekommen.

Heute ist nicht viel. „AT kleine Gruppe" bedeutet: auf einem Hocker sitzen und leichte Übungen mit den Füßen, Armen und Atemübungen machen. Für meinen Fitniszustand keine Herausforderung. Für einige Rollatorfahrer aber schon. Nur bei einer Übung macht mein linkes Bein noch nicht so mit und ich muss mit der Hand etwas nachhelfen, sonst hätte ich einen Krampf im Oberschenkel bekommen. Das soll ja noch verschwinden versprach Prof. Ephraim, der mich in HH operierte. Die Übungseinheit dauert gut 20 Minuten.

Verbandswechsel ab jetzt nur noch an zwei Stellen und alle zwei Tage. Das kann man wohl als Fortschritt deuten.

Spaziergang um die Kirche von Klabe. Fast keine Geschäfte oder sowas aber zwei Apotheken. Man lebt offensichtlich sehr ruhig in Klabe. Autos halten an, wenn man über die Straße gehen will. Von den meisten Eingeborenen egal welchen Alters wird man schon von weitem gegrüßt, wenn man erblickt wird.

Die Quarkpackung wurde nach meiner Intervention von der Stationsärztin gestrichen. Ich bekomme einen neuen Behandlungsplan ohne dem.

Heute abend soll noch das tägliche Beckenbodentraining sein.

Morgen haben Dieter und Hartmut ihre Zeit rum und fahren wieder nach Hause.

6. Tag, Dienstag

Heute musste ich schon um 7.00 zum Frühstück, weil schon um 7.30 Uhr Frau Malze meinen Beckenboden trainieren wollte. Dafür habe ich mir extra den Wecker gestellt.

Wenn man es dann schon mal etwas eiliger hat, wird man ausgebremst, weil Philemon und Baucis vor mir laufen. So habe ich für mich ein betagtes Ehepaar getauft, das auch auf meinem Flur wohnt, beide mit Rollator. Es ist rührend mit anzusehen, wie sie umeinander besorgt sind und sich gegenseitigt helfen. Wenn man sie auf dem langen Flur vor sich hat, nehmen sie die ganze Fahrbahnbreite ein, vorbei geht nicht und man kommt sich vor, wie Mr. Bean im Treppenhaus. Wenn sie am Frühstücksbuffet vor einem tätig sind, kann das schon etwas Zeit kosten. Normalerweise hat man hier ja genug Muße, aber mein Hintermann in der Schlange hat einige Male hörbar ausgeatmet.

Philemon und Baucis

(aus dem Gedächtnis nacherzählt)

Ovid beschreibt in den Metamorphosen den Besuch des Göttervaters Zeus und des Götterboten Hermes in einer Stadt in Griechenland. Die Einwohner der Stadt gewähren den beiden Wanderern jedoch keinen Einlass. Nur Philemon und seine Frau Baucis, ein altes Ehepaar, das in einer ärmlichen Hütte am Stadtrand lebt, nehmen die beiden auf und bewirten sie mit allem, was ihre Ärmlichkeit hergibt. Sie erkennen ihre Gäste als Götter, weil sich der Weinkrug immer wieder von alleine füllt und wollen ihre einzige Gans opfern, um die Gäste standesgemäß zu bewirten. Das verhindern beide Götter jedoch und fordern sie auf, mit ihnen zu kommen, um der Strafe für die ungastliche Stadt zu entgehen. Von einer Anhöhe sehen Philemon und Baucis wie die Stadt in einem Sumpf versinkt. Nur ihre Hütte ist geblieben, und verwandelt sich in einen Tempel von Gold und Marmor. Der Göttervater fordert sie auf, ihre Wünsche zu nennen. Sie bitten darum, als Priester ihr Leben lang dem Tempel zu dienen und am selben Tag, zur selben Stunde zu sterben, damit nicht der eine in des anderen Grab schauen müsse. So geschieht es. Sie dienen im Tempel, bis sie eines Tages, an den Tempelstufen vom Alter gebeugt und miteinder im Gespräch, in eine Eiche und eine Linde verwandelt werden.

7. Tag, Mittwoch

Mein Häschen will nächste Woche ein paar Tage kommen. Dazu habe ich eine Aufbettung einschließlich Vollpension gebucht. Kostet 55,00 € pro Tag.

Beim Verbandswechsel diagnostiziert die Schwester eine Pflasterallergie und ist etwas entsetzt über den Zustand der Wunden, zupft Schorf ab und reinigt und wischt. Neue Pflaster wieder auf alle sechs Löcher.

Heute vormittag ist Chefarztvisite. Nix besonderes.

Für mich ungewöhnlich: Es gibt hier bisher keine ausgeprägten Wartezeiten. Wenn eine Behandlung um 10.30 Uhr angesetzt ist, dann ist sie auch um 10.30 Uhr. Zu Hause ist das anders. Wenn ich um 10.30 da sein soll und mich fünf Minuten eher am Tresen bei der Schwester melde, heißt es: „Nehmen Sie schon mal Platz, es geht gleich los." Was ja eigentlich Quatsch ist, denn wenn es gleich los geht, braucht man doch nicht erst Platz nehmen. Da könnte ich doch auch stehen bleiben. Wenn nach einer dreiviertel Stunde nichts passiert und alle möglichen andere Patienten durchgeschleust wurden, melde ich mich zaghaft bei der Schwester, die gerade vorbeirauscht und werde abgebürstet: „Wenn es soweit ist, werden Sie schon aufgerufen." Dann passiert eine weitere dreiviertel Stunde weiterhin nichts und andere Patienten kommen nach einem unergründlichen System dran. Das Warten wird langsam unangenehm. Dann kommt zufällig die Schwester wieder angerauscht, stutzt, bleibt stehen und mustert mich streng von oben bis unten: „Sie sitzen ja immer noch hier, hätten Sie nicht was sagen können."

Dann war heute noch Einzelgymnastik bei Herrn Kalz für mein immer noch teilweise dummes linkes Bein. Tut richtig gut und ist offensichlich der richtige Weg. Davon werde ich mir mehr bestellen.

8. Tag, Donnerstag

Heute ist nicht viel angesetzt. Am Nachmittag kann ich mir einen Bunten machen. Ich werde mal die Eisdielen und Cafés erkunden, um den Besuch meiner Schwester und von Häschen vorzubereiten. Ich habe entdeckt, dass es hier sogar drei Cafés gibt, eins ist ein paar Schritte weiter weg. Dort soll es sogar das drittbeste Softeis des Bundeslandes geben, hat das zuständige dritte Programm des Fernsehens festgestellt. Teste ich heute nachmittag.

Seit gestern sitzen Frank und Gerhard bei mir am Tisch. Gerhard hat gestern Abend die ganze Zeit von seinen Krankheiten und was sein Vater hatte und den Krankheiten anderer Angehöriger und Bekannten erzählt. Ich habe so getan, als wenn ich gar nicht hinhöre und so hat er das alles Frank erzählt. Wenn er das noch einmal macht, haue ich ihm eins zwischen die Hörner, nehme ich mir vor. Heute zum Frühstück habe ich das Gespräch auf Haustiere gebracht. Gerhard hat einen Kater. Der scheint nicht krank zu sein. Ich habe ihm von meiner Betty-Hündin erzählt.

9. Tag, Freitag

Heute ist lockeres Programm, den ganzen Tag bis um halb drei, aber mit längeren Pausen. Der letzte Tagesordnungspunkt ist „Entspannung (PMR)". Ich komme in den Raum, rungsum im Halbkreis verteilt ungefähr zehn bequeme Sessel, als Liegesessel verstellbar. Ungefähr die Hälfte ist schon belegt. Ich lasse mich entspannt in einen freien Sessel fallen und bin im gleichen Moment wieder hoch, weil mein empfindliches Popöchen Kontakt mit hölzernen oder eisernen Teilen des Sesselinnenlebens hatte. Schadenfrohes Grinsen der bereits Anwesenden: „Den hatten wir auch schon." Ich

versuche mir die Gesichter einzuprägen.
Der Sessel daneben knarzt und ächzt unter
mir bei jeder Bewegung, dass es dem Ge-
spenst von Canterville jede Ehre gemacht
hätte. Wenigstens hat er keine harten fühl-
baren Teile, ist aber schon mächtig durch-
gesessen und offenbar über die normative
Nutzungsdauer hinaus in Gebrauch.

PMR heißt progressive Muskelrelaxation.
Ich habe keine Ahnung, was das ist. Als ich
es dann weiß, kann ich mir nicht vorstellen,
das zu benötigen. Das sieht so aus, wie eine
Mischung aus autogenem Training und
„ohhmm". Dabei soll man Körperteile, unter anderem die Stirn, anspannen, runzeln,
wieder entspannen und in das Körperteil
hinein lauschen. Bei mir war alles ruhig.
Wohl mehr was für überspannte Ökotussis.
Drei Teilnehmer schliefen dabei ein. Meine
Vorstellungskraft reicht nicht aus, dass das
vielleicht bei Problembewältigung helfen
könnte. Ich halte es da eher mit dem Gelas-
senheitsgebet:

> Lieber Gott, gib mir die Gelassenheit,
> Dinge hinzunehmen, die ich nicht ändern
> kann,
> gib mir den Mut, Dinge zu ändern, die ich
> ändern kann,
> und gib mir die Weisheit,
> das eine vom anderen zu unterscheiden.

Ich rufe Jonas an, der in einem Nachbarort wohnt. Wir haben zusammen studiert und unsere Abschlussarbeit gemeinsam geschrieben. Wir verabreden uns für den Abend. Er betreibt als Hobby ein wenig Landwirtschaft und verspätet sich etwas, weil seine Kühe ausgebüxt waren. Jemand hatte den Koppelzaun geöffnet. Wir gehen in eine der beiden Gaststätten vor Ort und quatschen über alte Zeiten. Wir haben unseren Kontakt nach dem Studium nicht sonderlich gepflegt aber für den Sommer habe ich ihm angedroht, dass ich meinen Wohnwagen anspannen und in der Nähe aufstellen werde, um ihn zu besuchen und meine geografischen Kenntnisse der Gegend zu vervollständigen. Das findet er gut.

10. Tag, Sonnabend

Die letzte Nacht habe ich ohne das obligatorische Surfbrett zwischen den Beinen geschlafen, weil ich immer gut aufwache, wenn ich müssen muss und die Vorlagen die letzten zwei Nächte furztrocken und nahezu geruchlos waren. Sehr angenehm. Dafür habe ich mir eine Sonne in das Miktionsprotokoll gemalt. Ich deute das als Fortschritt des Behandlungs- und Heilungsprozesses.

Heute am Sonnabend bin ich mit meiner Langeweile alleine, keine Therapien. Es ist

so eine griese Jahreszeit, wo eigentlich Winter sein soll, aber bei knapp +10 Grad versuchen die Krokusse rauszukommen.

Dazu grauer Himmel mit abwechselnd Regen, Nieselregen, kein Regen, keine Sonne, diesig eben so richtiges englisches Selbstmörderwetter. Da kann ich gut in meinem gemütlichen Depriloch sitzen und mich über die Schlechtigkeit der Welt grämen, die über mir wabert. Doch plötzlich reißt der Himmel einen kleinen Moment auf und das Depriloch entpuppt sich als Wurmloch, unten offen, wo die Sonne reinscheint und durch das man in eine andere Raumzeit gelangt. Da sieht die Welt doch schon wieder ganz anders aus.

Zu Mittag gab es heute als Nachtisch Früchte der Saison, Mandarinen. Die sind hier jetzt wohl reif.

Nachmittags kommt Trauti, mein Schwesterlein, zum Krankenbesuch vorbei. Im Cafe Ruhepol quatschen wir bei Latte Macchiato, Irish Coffee und fettiger Torte und ziehen über nicht anwesende Verwandtschaft her. Als sie kurz vorm Abendbrot wieder los ist, lege ich mich einen Moment hin und bemerke, dass meine Kondition doch noch nicht wieder auf dem Stand von vor der Operation ist. Da ist eine ruhige Reha doch nicht so schlecht.

Ein schöner Sonnabend, gar nicht so langweilig, wie er eigentlich hätte sein müssen.

Heute Mittag, nach 10,5 Tagen, war eigentlich Bergfest, was mir aber erst abends zu Bewußtsein kommt. Die Zeit ist doch schnell vergangen.

11. Tag, Sonntag

Der zweite Sonntag, den ich hier verbringe.
Trauti hatte gestern vorgeschlagen, dass sie mich abholt, da wäre eine Modellbahnausstellung und wenn ich Lust hätte und mich gut fühle und sie bringt mich auch wieder zurück. Sie kam dann auch kurz vor zehn. Die Ausstellung von mehreren Modellbahnklubs in allen Spurweiten von N über H0 bis Gartenbahn mit großen und sehr großen und kleinen Anlagen war sehr schön. Dazu ein paar Verkaufsstände mit Zubehör und Kram. Dann gemütlich in einem Gasthaus Mittag gegessen und wieder in die Klinik zurück.

Es war sehr schön aber auch etwas an-strengend. Ich lege mich etwas hin, schlafe auf der Stelle ein und wache nach einer gu-ten Stunde völlig verbiestert (wo bin ich?) wieder auf. Vom Schlaf etwas erfrischt aber trotzdem noch in einer gewissen Ermattung merke ich, wie schon gestern, dass meine Kräfte zwar gereicht aber doch noch nicht auf dem alten Stand sind.

12. Tag, Montag

Heute ist ein schöner Tag. Um 10.30 Uhr habe ich Beckenbodentraining bei Frau Mal-ze. Ich werde Sie mal drücken, weil ich schon die dritte Nacht keine Vorlage brau-che und nicht eingepullert habe. Das ist nach meiner Meinung vor allem das Ergeb-nis der Übungen, die sie mit mir macht und die ich auch immer wieder mal alleine trai-niert habe.

Auch mein dummes linkes Bein ist nicht mehr ganz so dumm. Ich kann es jetzt ge-streckt im Liegen hochheben, was vorher gar nicht ging. Das geht zwar noch ein bi-schen schwer, macht aber Zuversicht. Herr Kalz hat eine gute Übung für mich gemacht und mein Solotraining nach dieser Anleitung zeigt wohl Wirkung und morgen könnten die mich eigentlich entlassen.

Die nächste Übungseinheit dafür ist laut Therapieplan auf Mittwoch Nachmittag gelegt. Ich versuche das bei der Stationsärztin, Frau Grünes, zu ändern, weil da Häschen, Margot und Jasper kommen wollen. Klappt auch, ist auf Donnerstag gelegt.

Frank arbeitet bei den städtischen Werken seiner Stadt im Bereich der Wärmeversorgung. Er scheint ein ganz patenter Kerl zu sein. Ich habe ihm von der Modellbahnausstellung erzählt. Er hat auch eine elektrische Eisenbahn. Da haben wir gefachsimpelt und er hatte auch noch ein paar gute Tips auf Lager. So muss Reha sein.

Beim Abendbrot erzählt Gerhard, dass seine Frau angerufen hätte, der Kater frisst nicht, egal welche Sorte, auch nicht das Lieblingsfutter. Das mache der Kater jedesmal, wenn er länger von zu Hause weg wäre, sagt Gehard. Dummes Katervieh. Ich habe ihm vorgeschlagen, doch ein Bild von sich da zu lassen.

Laut Behandlungsplan ist diese Woche noch zweimal Entspannung (PMR). Ich fasse es nicht. Ich bin sowas von entspannt. Noch mehr geht gar nicht. Soll ich mich als völlig entspannte, also spannungs- und formlose Riesenamöbe über den Flur schleppen?

Frau Bayer, die die PMR macht, ist eigentlich sympatisch und ein niedliches Frauchen. Sie erinnert mich in Habitus, Ausstrahlung und Statur an meine Tochter.

Eigentlich möchte ich sie in den Arm nehmen und knuddeln. PMR hält mich davon ab.

13. Tag, Dienstag

Morgens habe ich wieder Beckenbodentraining bei Frau Malze. Ich frage sie, ob sie denn angesichts der großartigen Erfolge, die sie bei mir erzielt hat, schon eine Gehaltserhöhung beantragt hat. Ich würde die auch als Zeuge mit unterschreiben. Nee, hätte sie noch nicht, bei MEDINA würde es nur feste Gehälter geben. Auf meinen Einwand, wer nicht versucht, gewinnt auch nichts, meinte sie, ich solle doch mal einen Text entwerfen.
Also bitte schön, hier mein Vorschlag:

An MEDINA-Klinik
Geschäftsleitung
Klabe, den 31.Feb. 2020
Gehaltsanpassung
Sehr geehrte Damen und Herren,
in den letzten Tagen habe ich beim Beckebodentrainig, insbesondere mit dem Patienten Hans-Ulrich Struck, herausragende Ergebnisse erzielt. Dabei wende ich die dafür bekannten Techniken an, die ich durch gezielte Beobachtung weiter verfeinert habe,

was die Wirkung auf den unteren Beckenboden deutlich verstärkt. Der Patient benö-
tigte nach nur 10 Tagen Behandlung nachts
schon keine Vorlagen mehr, weil er nicht
mehr einpullert. Das bedeutet eine Einspa-
rung von Ressourcen und ist angesicht der
eingesparten Vorlagen auch ein nachhalti-
ger Beitrag zum Umweltschutz.

Mir wurde zugetragen, dass eine Universität
in Kanada erwägt, meine Behandlungsme-
thode in den Ausbildungsplan der dortigen
Therapeuten aufzunehmen. Die Dotation
der zugehörigen Stelle soll umgerechnet
etwa 470,00 € über meinem jetzigen Gehalt
liegen. Da ich sehr heimatverbunden bin,
würde mir ein Wechsel nach Kanada nicht
leicht fallen, so dass sich für unsere bevor-
stehenden Gehaltsverhandlungen ein ge-
wisser Spielraum ergibt.

Ich sehe unseren Gesprächen zuversichtlich
entgegen und müsste bei scheitern dersel-
ben leider feststellen, dass die Unterneh-
mensgruppe MEDINA-Klinik Neuerungen
ablehnend gegenübersteht und lieber im ei-
genen Saft schmort.

Mit freundlichen Grüßen

R. Malze

Postives oben dargestelltes Behandlungser-
gebniss bestätigt und Gehaltsanpassung
befürwortet: *H.-U. Struck*

Nachmittags ist noch Vermessung von Blutdruck und Gewicht, so wie Vortrag von Frau Buchholz zu Ernährung und dünner werden. Bei dem Vortrag, der eine Pflicht-veranstaltung ist, sind wir fünf dicke Zuhö-rer. Wenn ich mich im Speisesaal um-schaue, würde ich locker noch 20 weitere Dickerchen, teils noch gewichtiger als ich, finden. Da hat doch einer nicht aufgepasst oder manche Therapien werden wohl nach dem Schrotflintenprinzip verteilt. Eins muss man Frau Buchholz ja lassen: Sie räumt ra-dikal mit irgendwelchen Parolen über Schrott im Darm, Entschlackung und Ver-sprechungen von Ernährungs-Gurus auf. Bei Anfragen aus dem Auditorium benennt sie das deutlich als Humbug und Trickserei. Ei-gentlich weiß ich das alles, was sie erzählt. Es ist eine gute Wiederholung. Mein Grund-satz: Die Hälfte fressen und doppelt soviel bewegen, ist noch nicht erschüttert worden. Man müsste das dann auch machen, nimmt sich mein williger Geist vor. Mein schwaches Fleisch hört kaum hin und mein kleiner in-nerer Schweinehund sagt: „Wozu einen Six-pack, wenn man ein Fass haben kann."

Außerdem sind heute auch noch zwei Vorträge (Angst/Depression und Darm-krebs) angesetzt, die man schwänzen kann, weil sie fakultativ sind. Das mache ich dann auch.

14. Tag, Mittwoch

Heute habe ich Ge-
burtstag. Vom Haus war
ein Gutschein, 3,00 €,
für den Kiosk in der Hal-
le im Postfach.
Dankeschön.
Bei der Visite und beim
Verbandswechsel gratu-
liert mir das Personal der Station herzlich.
Dankeschön. Alle bekommen einen Süßen
von mir.

Um 11.00 Uhr ist wieder Entspannung
(PMR). Als alles zu Ende war fragte Frau
Bayer, wer mit diesen Übungen gar nichts
anfangen könne. Ich habe mich gemeldet
und sollte bleiben bis alle fertig waren. Von
den anderen Teilnehmern werde ich scheu
wie ein Aussätziger gemustert. Mental be-
reite ich mich auf eine Grundsatzdiskussion
vor. Jedoch ganz anders. Frau Bayer hat die
kommende Übung einfach gestrichen und
mir versprochen, dass auch nächste Woche
keine auf meinem Plan stehen wird. Ich bin
begeistert, ein schönes Geburtstagsge-
schenk. Ich kenne sonst kein Geschenk, bei
dem man sich freut, wenn einem was weg-
genommen wird. Jetzt hält mich PMR nicht
mehr davon ab, sie zu knuddeln. Ich reiße
mich aber zusammen und mache es nicht.
Danke Frau Baier.

Nachmittags kommen Häschen, Margot und Jasper, unsere Lieblingsnachbarn. Gratulation, Geschenke, Glückwünsche.
Zum Kaffee verabreden wir uns im Café Ruhepol.
Häschen checkt für seine Aufbettung ein, die andern beiden haben sich ein Hotelzimmer genommen. Zum Kaffee verabreden wir uns im Café Ruhepol. Als wir dahin kommen, sind auch noch Gerda und Gero da, zwei weitere Lieblingsnachbarn. Wir nennen sie zu Hause G&G. Damit sind ein Drittel aller Lieblingsnachbarn anwesend. Das überrascht mich wirklich und ich bin wohl auch sichtbar gerührt, dass sich unsere Nachbarn so um uns sorgen. Ich beschließe, nicht in eine Senioreneinrichtung zu wollen, wenn es so weit kommen sollte, und auf die Nachbarn zu vertrauen.

Abends essen wir noch im ersten Haus am Platze, einem kroatischen Restaurant und gönnen uns dazu zwei Sliwowitz.

15. Tag, Donnerstag

Es ist schön, neben Häschen aufzuwachen. Nach dem Frühstück zeige ich Herrn Kalz meine neuen Kunststücke mit meinem linken Bein und spare nicht mit Lob für seine Übungen, die ich trainiert habe. Er scheint selbst beeindruckt zu sein und zeigt mir weitere Übungen im Liegen und im Stehen, die ich aber erst morgen trainieren kann, weil die betreffende Muskulatur nach dieser Übungseinheit ganz schön angestrengt wirkt.

Vormittags bummeln Häschen und ich durch Klabe und pflegen bis zum Mittagessen noch ein kurzes Stündchen unsere Erschöpfung, die sich durch das Nichtstun angesammelt hat.

Nachmittags findet noch Druckmassage statt. Das hatte ich schon mal. Es ist nicht unangenehm. Da muss man sich ohne Schuhe mit Therapielaken rücklings auf eine harte Pritsche legen, die mit einem faltigen knautschigen Gummituch überdeckt ist. Ich versuche das glatt zu ziehen, soll ich aber nicht. Als ich liege, drückt die Therapeutin den Startknopf und das knautschige Gummituch verwandelt sich in ein lockeres Wasserbett, dass mich langsam von der harten Pritsche hebt und sich mit körperwarmem Wasser füllt. Es schaukelt leicht und bei leiser Musik leuchten Lichter rings um dieses bequeme Lager, die sanft ihre Farbe wechseln: rot, grün, blau, gelb. Am Himmel, sprich Decke, blaue LED-Sterne. Während ich geraume Zeit darüber nachdenke, ob meine neue Deckenleuchte zu Hause ihre Farben auch in dieser Reihenfolge wechselt, geht es dann los. Eine Pumpe springt an, und erzeugt einen Druckstrahl der kurz am Po verweilt und dann über Becken, Rücken, Schulterblätter bis zum Schultergürtel wandert und dann wieder von unten beginnt. Kurz bevor er zum zweiten Mal wieder unten neu beginnen will, widerstehe ich der Versuchung mich auf den Bauch zu drehen. Ich bleibe auf dem Rücken liegen, der Strahl wandert immer wieder den Rücken hinauf und ich denke darüber nach, warum sich bei mir nicht die totale Entspannung einstellen will. Ich hab's: Ich höre keine Musik mehr, nur noch Musikfetzen, weil die Druckstrahlpumpe so laut rattert. Das kann nicht in Ordnung sein. Vielleicht ist die Maschinerie schlecht konstruiert und es mangelt an Schalldämpfung und -dämmung. Das kann aber eigentlich nicht sein, weil das Gerät zur Entspannung gebaut wurde, und da sollte geringes Geräusch wohl Standard sein. Also ist da was defekt!

Nach meinen Überlegungen muss da eine Kreiselpumpe oder Kolbenpumpe drin sein. Andere Bauformen kämen eher nicht in Frage. Wenn es eine Kreiselpumpe ist, sind wahrscheinlich die Motor- oder Pumpenlager ausgeschlagen und verursachen das Rattern. Wenn sich das weiter fortsetzt, müssten sich in absehbarer Zeit Undichtigkeiten und noch weiter, Knacks, Stillstand einstellen.

Falls es eine Kolbenpumpe ist, haben wahrscheinlich die Lager der Pleuelstange zuviel Spiel, d. h. sie sind abgenutzt. Dann könnte als Nächstes, Knacks, Stillstand drohen. Undicht wird da meistens nichts.

Während ich so darüber sinniere, höre ich wieder Musik, weil die Pumpe abschaltet und kein Druckstrahl mehr stattfindet. Nach einer kleinen Weile öffnet, Klack, ein Ventil und das Wasser wird abgepumpt, so dass ich wieder auf dem harten Boden der Realität in Form der Pritsche lande.

Ich teile der Therapeutin meine Überlegungen mit, was aber ihrer Meinung nach nicht sein kann, weil es immer funktioniert hat - Therapeutenlogik.

16. Tag, Freitag

Um 8.00 Uhr muss ich schon bei Frau Malze, meiner Lieblingstherapeutin, zum Beckenbodentraining antanzen. Heute gehe ich am Tage erstmalig ohne durch Vorlage ausgestopft zu sein. Schönes Gefühl, wenn es so zwischen den Beinen frei rumschlackert. Bei Frau Malze vergesse ich mein Therapielaken. Nicht so schlimm, im Zimmer ist noch eins, was bei der Aufbettung für Häschen hingelegt wurde. Mit dem frischen Laken werden die Therapien bestimmt viel besser wirken.

Heute war auch klassische Massage bei der netten Frau Liepack. Das war vorige Woche schon einmal. Sowas hatte ich vorher nur im Fernsehen gesehen. Ausgesprochen unangenehm ist es nicht gerade, aber die Schmiere auf dem Rücken finde ich eklig. Frau Liepack wischt die auf Wunsch hinterher auch ab. Außerdem kann man ja auch duschen.

Frau Liepack hat mir erzählt, dass ihr Mann manchmal nicht weiß, was er machen soll, sie aber immer eine lange Liste mit nützlichen Arbeiten für ihn im Kopf hat. Ich habe ihr angedeutet, dass mein Häschen so eine Liste auch hat, ich jedoch immer etwas zu tun weiß. Zur Not würde ich zu einem Nachbarn gehen und ihn fragen, ob er auch nicht weiß, was er machen soll.

Kurz vor Mittag hat Herr Kalz noch einige Übungen für mein dummes Bein auf Lager. Er findet Muskeln im Bein- und Beckenbereich, die vorher nicht da waren und für die ich noch gar keinen Namen hatte. Da tut das Ruhepäuschen nach dem Mittagessen richtig gut.

Zu Mittag sind wir schon eine knappe halbe Stunde nach Öffnung des Speisesaals an der Essensausgabe. Trotzdem ist der wohlschmeckende Chinakohl-Mandarinensalat schon aus. Das war gestern abend mit dem Tomatensalat auch schon so. Häschen mault ein bischen rum.

Nachmittags gehen Häschen und ich in das Café Ruhepol und essen den frischen Hefekuchen aus dem Holzbackofen. Obwohl es draußen kühl ist, nehmen wir beim Rausgehen noch jeder ein kleines Eiswäffelchen. Schlemmerei pur.

17. Tag, Sonnabend

Heute will Häschen wieder nach Hause fahren. Vormittags habe ich noch eine Übungseinheit AT, was nicht autogenens Training sondern Atemtechnik heißt. Als ich zurückkomme kommt mir Häschen auf dem Flur entgegen, da ist noch was im Kühlschrank im Aufenthaltsraum, was eingepackt werden muss. Wir gehen dann gemeinsam zum Zimmer, Häschen schließt auf und dann:

Überraschung, Überraschung, Überraschung.

Beide Töchter mit Familie, alle Enkelkinder:

Happy birthday, Marmelade im Schuh,
    Aprikose in der Hose..............
Opa reißt sich sehr zusammen, damit er nicht feuchte Augen bekommt. Enkelkinder drücken, Glückwünsche, Geschenke auspacken und dann kommt es. Ich müsse noch zur Ärztin, mit der hätten sie gesprochen, ich müsse unterschreiben, dass ich eine Nacht aushäusig schlafen und mit ihnen in die Ferienwohnung komme will. Die rhetorische Frage, ob ich doch lieber hier bleiben will, fehlt nicht.

Ich klopfe bei "unserer kleinen Uhr" am Schwesternzimmer. Die Schwester strahlt mich an: "Wir wussten das schon gestern." Ich unterschreibe und denke kurz daran, wie man nun als alter kranker Mann von Frau und Kindern fremdbestimmt und unterdrückt leben wird. Es sind aber keine unangenehmen Gedanken.

Dann fährt die ganze Truppe mit mir in eine nahegelegene als Gaststätte stilvoll ausgebaute Mühle zum Mittagessen. Da stößt dann noch mein Schwesterlein Trauti und ihre Tochter, eine meiner Lieblings-nichten, dazu. Auf den Nachtisch in der Mühle verzichten wir und fahren zum Café Ruhepol in Klabe. Das Café ist sehr voll und wir dürfen im Wintergarten unter Heizstrahlern, ohne unsere Jacken auszuziehen, Eisbecher, Torte, Michkaffe,

Latte macchiato und andere Leckereien als Nachspeise verputzen. Dann verabschieden sich Trauti und meine Nichte und das restliche Familienknäuel zieht los in die Ferienwohnung, die groß genug für alle ist.

Dort: Bundesliga schauen, ein Glas Sekt trinken, Abendbrot, mit den Enkeln spielen und mit den Kindern quatschen, den Tag ausklingen lassen. Dann ziehe ich mich zurück und gehe ins Bett, rechtschaffen müde.

18. Tag, Sonntag

Alle packen ihre Sachen zusammen. Häschen, die Enkelkinder und ich waschen das Geschirr vom Frühstück ab und trocknen es ab. Häschen wird von einer Tochter und Familie bis zum nächsten Bahnhof mit guter Zugverbindung mitgenommen. Ich fahre mit der anderen Familie zurück zur Klinik nach Klabe.

Bis zum Mittagessen ist noch etwas Zeit. Ich lege mich hin und schlafe sofort ein. Nach dem Mittagessen das gleiche Procedere. Der gestrige Tag war anstrengend, Stress – positiver Stress.

Glück ist, so eine Familie zu haben.

19. Tag, Montag

Eine schöne Woche beginnt heute, weil es die letzten Tage hier sind. Ich will nicht meckern, ich wurde gut behandelt. Zwei meiner Probleme, Inkontinenz und die tauben Muskeln im linken Bein wurden überraschend schnell und wirksam nahezu beseitigt. Den Rest wird Training zu Hause besorgen, denke ich. Allein dafür bin ich den Ärzten und Therapeuten unendlich dankbar.

Liebe Kinder das war großartig. Danke.

In dem umfänglichen Fragebogen der Klinik, den ich vor Beginn der Reha noch zu Hause ausfüllte, war die letzte Frage nach Zielen und was ich verbessern möchte. Und das hatte ich geschrieben:

Welche Ziele möchten Sie erreichen?
Was möchten Sie verbessern?

Paris, Wien, Rom u. Lissabon besuchen
Ins hohen spitzen Bogen pinkeln
Gewichtsreduktion
erfüllten Sex

Das Erste mache ich ja noch, da wird mir die Klinik eher nicht helfen.

Das Zweite geht schon leidlich, wenn ich gut trinke und eine gewisse Ladung zusammenspare.

Das Dritte: Ja, gefühlt ist was in Klabe geblieben. Kontrolle mache ich zu Hause, wo ich immer nackig auf die Waage steige und möglichst niemanden zusehen lasse, wie weit sich der Zeiger quält. Die Waage im Schwesternzimmer scheint mir nicht zuverlässig, weil die immer meine Klamotten mitwiegt.

Das Vierte ist noch Problemzone. Da hätte ich mir mehr, deutlichere und ausführlichere "Männersache", wie es im Therapieplan heißt, gewünscht. Da soll am letzten Tag noch was kommen. Ich lasse mich überraschen.

Bisher 75% Erfüllung, da bin ich schon zufrieden.

Dann ist heute noch Training mit Herrn Kalz für mein dummes linkes Bein. Vom "Selbststudium" seiner Übungen haben die bislang weniger beanspruchten Muskeln eine gewisse Belastung erfahren, die sie mich in einer Art Muskelkater spüren lassen. Jetzt dehnt er sie noch ein letztes mal. Schöö---höö----höön. Das erinnert mich an manche Sportstunde bei Kim, so der Spitzname unseres Sportlehrers an der Penne. Nachmittags humpel ich ein bischen und spüre, wie die Kraft zurückkehrt. Herr Kalz du bist ein Goldstück.

20. Tag, Dienstag

Angesichts des heutigen Tagesprogramms macht sich Heimfahrtstimmung breit. Bei der Stationsärztin ist Abschlussuntersuchung. In einem Jahr hätte noch einmal Anspruch auf eine Reha. Man würde mich gerne wieder in Klabe begrüßen. Ja, warum nicht, obwohl mir drei Wochen fast etwas lange erscheinen.

Danach wird noch eine Sonografie gemacht.

Blutdruck- und Gewichtskontrolle ergeben keine nennenswerten Abweichungen, was mich bei letzterem etwas entäuscht.

Als ich vor dem Mittag noch eine kleine Spazierrunde drehe, ruft mich Jonas, mein ehemaliger Kommilitone, an. Er lädt mich zum Abendbrot ein und will mich dazu abholen. Da freue ich mich drauf.

Und zum Tagesabschluss gibt es dann noch einen Vortrag über Krebs, egal welcher, zugehörige Erkennung, Therapie und Nachsorge. Den macht die amtierende Chefärztin. Ich sitze in der ersten Reihe und bewundere, wie sie mit einem Fuß normal und dem anderen extrem nach außen verdreht zwanglos und entspannt stehen kann. Das entspricht etwa der "Position 1" im Ballett, nur dass ein Fuß normal nach vorne zeigt. Alleine versuche ich das nachzumachen, und muss mich festhalten, um nicht lang hinzuschlagen. Außerdem zerrt das an meinen Muskeln. Herr Kalz hätte da viel Arbeit mit mir.

Abends kommen dann Jonas und seine Frau vorbei und holen mich zum Abendessen in einem Lokal in der Nähe ab. Im Gespräch stellt sich heraus, dass sie meine Stationsärztin kennen, ich soll ihr Grüße bestellen. Die Welt ist klein. Der Abend war sehr nett und als sie mich wieder in der Klinik abliefern falle ich ins Bett und schlafe augenblicklich ein. Zu Hause muss ich unbedingt was für die Kondition tun.

21. Tag, Mittwoch

Der Tag beginnt mit Frau Malze und Beckenbodentraining. Ich bin unglaublich glücklich, was wir gemeinsam geschafft haben. Nach der 80 – 20 – Regel sind 80% des Weges in 20% der Zeit geschafft. Das heißt also, die drei Wochen sind 20% und 100% schaffe ich dann in weiteren:

$$\frac{3 \text{ Wochen} * (100-20)\%}{20\%} = 12 \text{ Wochen}$$

Da liegt noch einiges Training vor mir, sagt mir diese Regel, auch Pareto-Prinzip genannt. Benannt ist das nach einer

Wahrscheinlichkeitsverteilung, die 1906 der Italiener Vilfredo Pareto entdeckt hat.

Dann ist heute noch Motomed. Da sitzt man auf einem Stuhl, vor sich Pedale, nur dass man da nicht mit Beinen sondern mit den Armen rumtoben muss, Belastung: leicht bergauf, 15 Minuten lang, die Hälfte vorwärts, dann rückwärts. Der Kilometerzähler zählt nur vorwärts, egal wie rum man dreht. Ungefähr 6,00 km schaffe ich, das sind rund 24 km/h. Das hilft ein wenig beim Konditionsaufbau.

Dann noch Vortrag und Präsentation von allen Mittel und Geräten die bei Potenzstörungen einsetzbar sind. Damit ist auch der vierte Punkt meiner Ziele und erstrebten Verbesserungen von vorgestern in Erfüllung gegangen. Sehr gut. Da werden wir was probieren und ich freue mich auf Häschen.

Die Rezeption ruft an und stört mich in meinen schönen Gedanken. Das Taxi steht morgen um 9.30 Uhr vor der Tür.

Den Abschluss der Reha-Behandllung macht Frau Liepack mit ihrer Massage. Dann gehe ich Abendbrot essen. Und danach duschen.

22. Tag, Donnerstag

Die Koffer sind gepackt.
Bevor ich losfahre:

Liebe Ärzte, Schwestern, Therapeuten,
Servicekräfte und sonstiges Personal der
MEDINA-KLinik:
Sie haben mich gut behandelt!
Vielen Dank!

Abfahrt.

Nachspiel

Abends an diesem Donnerstag zu Hause gibt es frisches, knuspriges, herrlich duftendes Brot. Ich schneide mir einen Kanten mit wunderbar knuspriger Kruste ab und belege ihn nach Frau Buchholz mit magerem Schinken. Dann kommt er auf meinen Teller, den ich auf den Tisch stelle. Einen Moment betrachte ich das Brot und seine schrundige Kruste. Dann decke ich den Tisch mit fehlendem Geschirr und Esswaren. Dabei kann ich immer wieder auf den Kanten mit seiner knusprigen Kruste schauen. Dann setze ich mich. Häschen bosselt noch irgend was rum, während dessen ich den Kanten in die Hand nehme und seine Kruste von allen Seiten ansehen kann. Ich lege ihn wieder auf den Teller. Dann setzt sich auch Häschen.

Guten Appetit.

Freund, sieh auf dich und nicht auf mich,
und fehle ich, so bessere dich.